it's happy bunny™ does
SU DOKU
120 FUN NUMBER PUZZLES

Jim Benton and Rafael Sirkis

SCHOLASTIC INC.

New York   Toronto   London   Auckland   Sydney
Mexico City   New Delhi   Hong Kong   Buenos Aires

ISBN 0-439-87320-7

12 11 10 9 8 7 6 5 4 3 2 1   6 7 8 9 10 11 / 0

Printed in the U.S.A.   40
First printing, March 2006

CONTENTS

HOW DO YOU DO SU DOKU?

By the Puzzle People

The answer to that question is: Very, very carefully. Let's begin with an easier question: How do you *pronounce* su doku? Picture a girl named Sue on a dock and just add "oo." Say it smoothly with equal emphasis on each syllable — *sue-dock-oo*. Now your friends will think you're an expert whether you're a newbie or a longtime grid-buster.

Meanwhile, you gifted grid-busters might want to proceed directly to the puzzles in the next section. Newbies, keep reading. Don't worry about the elaborate display of numbers contained in this book. The best part about su doku is that there's actually no math required. All you need is common sense.

And a pencil.

And twenty to thirty minutes per puzzle, especially for the tougher ones.

And a well-lit, ergonomically sound workspace where you can solve each puzzle without interruption.

But that's it. Really. Still no math.

		1	4		5	7		
		5		6	9	4		
9	7						3	5
8				1			7	2
	5		8		6		1	
1	3			5				6
7	1						5	4
		3	1	2		9		
		6	5		7	1		

The most common type of su doku grid contains a total of 81 squares in a 9 x 9 formation. Some of the spaces have already been filled in with numbers by the unseen Supreme Su Doku Being who lives somewhere . . . probably in the sky. Your mission is to fill up all of the remaining squares with numbers, too.

Here's how it's done: Place each of the digits 1 through 9 once and only once in

a.) each row (← →)
b.) each column (↑↓) and
c.) each 3 x 3 block within the bigger grid.

That means the same digit cannot appear twice in a row, column, or 3 x 3 block.

Fill up the entire grid and you win!

Well, you win another half-empty number grid.

THE PUZZLES

Puzzles are just like fun
if you call making
your brain hurt fun.

I

5	8	9	7	1	4	2	6	3
6	3	7	8	2	9	5	1	4
2	4	1	5	3	6	9	8	7
4	9	6	2	5	8	7	3	1
8	5	3	1	9	7	6	4	2
7	1	2	6	4	3	8	5	9
9	6	5	4	7	1	3	2	8
3	2	4	9	8	5	1	7	6
1	7	8	3	6	2	4	9	5

Maybe these puzzles are super-easy but I'm just kind of dumb.

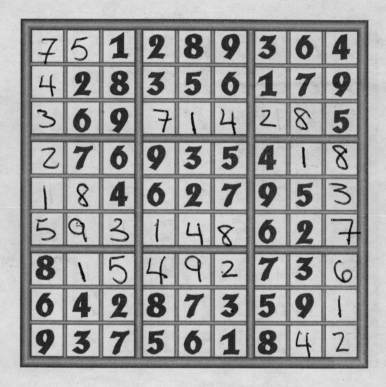

7	5	1	2	8	9	3	6	4
4	2	8	3	5	6	1	7	9
3	6	9	7	1	4	2	8	5
2	7	6	9	3	5	4	1	8
1	8	4	6	2	7	9	5	3
5	9	3	1	4	8	6	2	7
8	1	5	4	9	2	7	3	6
6	4	2	8	7	3	5	9	1
9	3	7	5	6	1	8	4	2

4

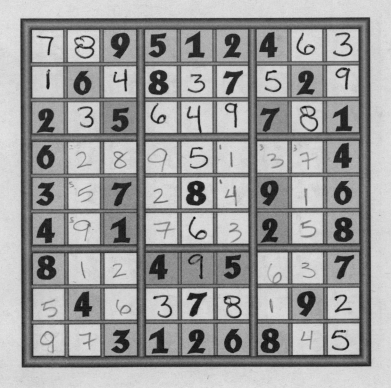

5

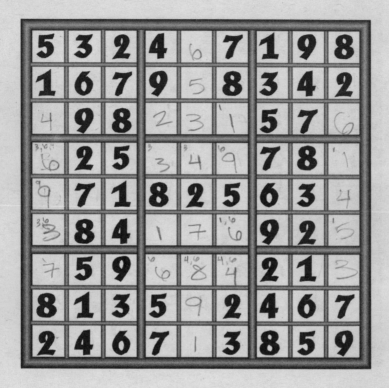

6

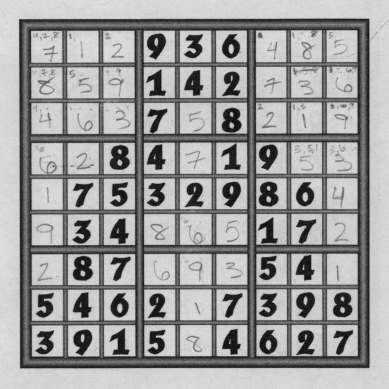

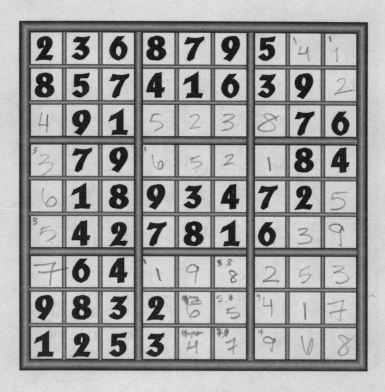

120 puzzles? I doubt I can finish one.

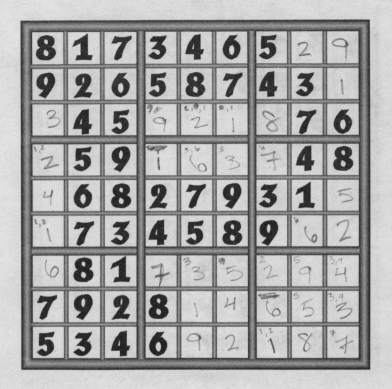

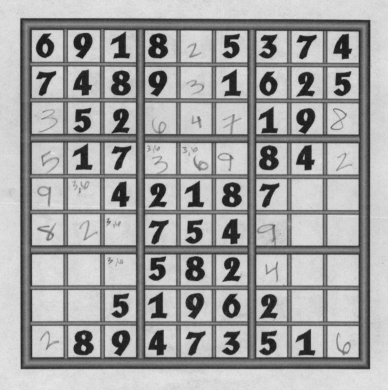

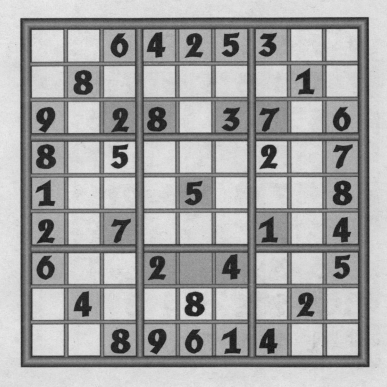

1	2	5	7	6	8	4		
7	4	6	3	9	5	2	8	
	8	9					6	5
	6	8					7	3
	9	7	8	2	3	6		
	3	1					2	8
	5	3					4	2
8	7	2	1	5	4	3	9	
9	1	4	2	3	6	8		

12

2	4	1	6		9	8	5	3
3	5	9	8		1	7	6	4
	7	8				2	1	
	8	2				1	4	
	9	3				6	7	
	1	6				3	9	
	2	4				5	3	
	3	5	2	4	7	9	8	
		7	9	3	5	4		

15

	1				3	7	8	2
	6	9			8	5	1	4
	7	8	5			9	3	
	9	2	3	8		6	5	
	5	3	4	2	7	8	9	
	8	1		5	6	4	2	
	3	5			9	2	4	
9	4	7	8			1	6	
8	2	6	1				7	

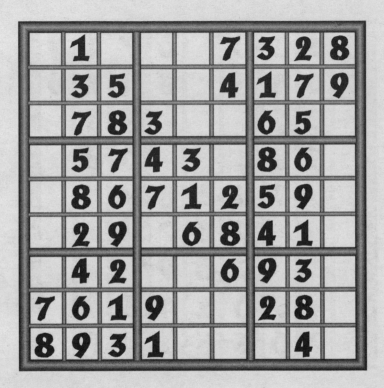

I wish this book had a
connect-the-dots.

5	2	3	8		6	7	4	9
7	8	4	5		3	1	2	6
	9	1				8	3	
	3	9				6	8	
		7	2	6	8	9		
			9	3	7			
			7	8	9			
		5	6	2	4	3		
	7	6	3	5	1	4	9	

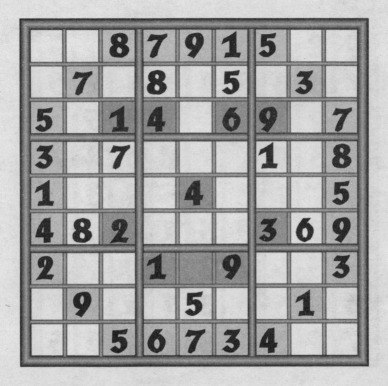

9	8		6	2				3
	6	3	8	4			2	9
					3	6	5	
		6			8		4	7
8	7			5			3	6
4	5		3			9		
	3	5	1					
6	4			3	7	2	9	
7				8	2		6	5

5			2		1			8
1		8		9		3		5
6		9				2		4
8		2		6		1		3
	3		5		9		8	
9		6		3		5		7
7		1				4		9
2	9	4		8		7	5	6
			9		7			

		9	8		7	6		
	8			6			4	
3			9	2	5			1
	2	8	4		1	7	6	
1	9						5	8
	7	3	5		8	2	1	
4			3	8	2			6
	6			5			2	
		2	6		4	5		

REAL su doku masters don't cry, you know.

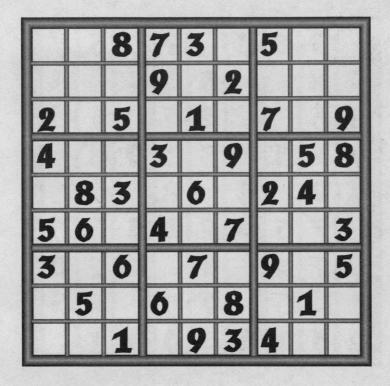

	3		1		9		5	7
9				8		2		4
5	6			4			9	
7		1		5	3	9		
			4		8			
		5	7	2		4		6
	7			1			2	8
1		3		7				5
2	5		8		6		1	

	2	1		5		7	4	
8	9						5	3
4				3				2
6	3		5		2			1
		5		8		4		
7			6		9		2	5
5				9				7
9	7						3	4
	4	3		2		6	9	

	5						7	
		9	5		7	4		
	8		4		9		2	
9		3	8		5	2		4
				2				
1		7	9		3	6		8
8	9		7		6		4	1
			2		4			
4	7						3	2

6			4			8	1	2
7		8		5				3
	2				1		7	
		7	6				8	
1		5				7		4
	9				5	3		
	7		2				3	
9				8		6		1
3	8	1			6			7

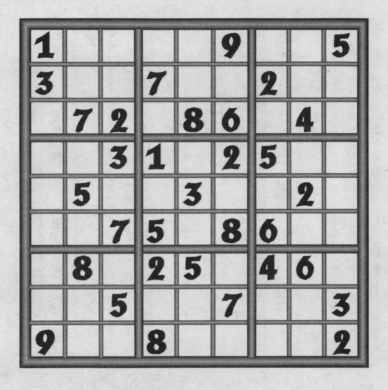

Let's phone one of these numbers
and see who answers.

4		2	5				7	9
	5				9	8		
6				7				3
8		5			7			6
		6		8		5		
1			2			9		4
7				5				2
		4	1				3	
2	8				3	1		5

	6		5			9	2	3
8		9		6				
	3				2		8	
		8	7				9	
2		6		3		8		5
	1				6	4		
	8		3				4	
				9		7		2
4	9	2			7		5	

		9				7		4
		1	5				9	
2	4			3	9		6	
3			9		8			1
	9						3	
4			6		3			5
	2		4	6			5	9
	6				5	1		
1		3				8		

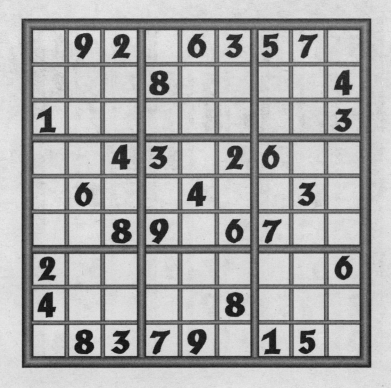

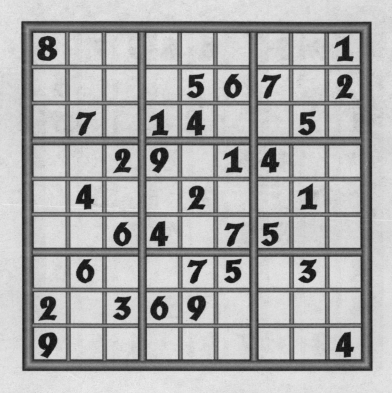

It's OK if you want to quit now.

3		9		4	8		7	
	2					6		
1					3			2
		2	6		4		8	
4				7				6
	9		8		1	4		
6			7					5
		7					4	
	3		4	5		1		7

4		7		2		3		
	6	2			3			
9		3	7				6	
6			9					2
	3						1	
7					1			8
	4				5	9		1
			2			8	7	
		8		1		6		4

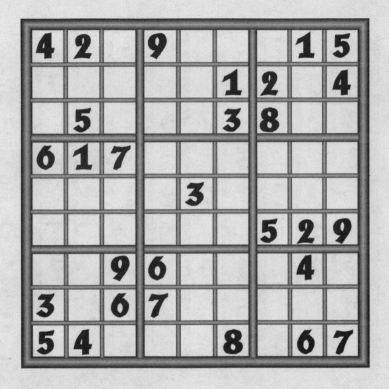

		7			9	8		
	6							9
3				7	6		5	
6			3				2	
		8	7	9	2	6		
	1				8			4
	9		1	6				2
8							4	
		4	5			3		

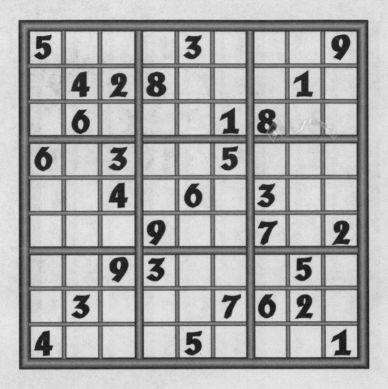

OK. I admit it. I'm a su doku genius. Now stop staring.

9			1		2			
2				7				9
	8	7				1		
	3		7		4			2
1				8				4
7			6		1		3	
		5				6	8	
4				1				3
			8		3			7

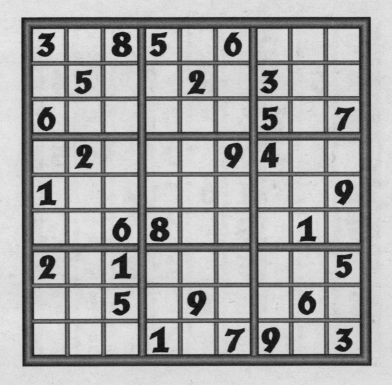

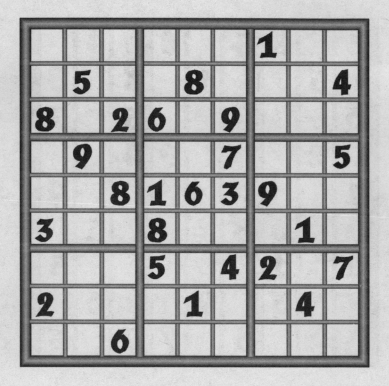

40

			1		2		4	
6		9	7			1		8
5				9				7
		5		7		8		
	2		8		5			
		1		2		7		
2				8				1
8		3			6	5		4
	7		5		9			

Word Su Doku

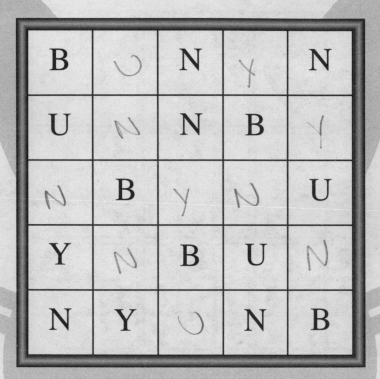

B	U	N	Y	N
U	N	N	B	Y
N	B	Y	N	U
Y	N	B	U	N
N	Y	U	N	B

Put the letters in "BUNNY" in every
horizontal row and vertical column.

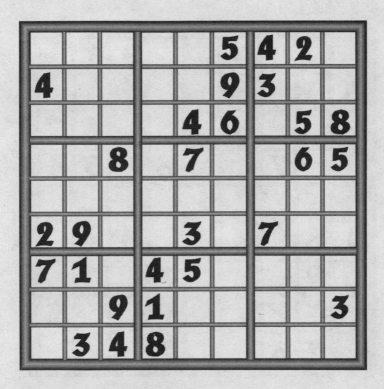

Looking at the answer page isn't cheating. It's just a way to make sure that cheaters could cheat if they wanted to.

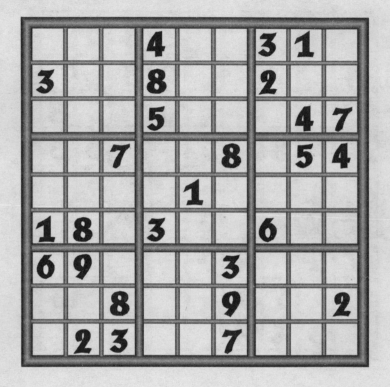

43

	8					4	3	
9				5				
			9		2		6	
1				6	3			
	9			2			7	
			7	4				8
	2		6		5			
				3				7
	4	5					1	

44

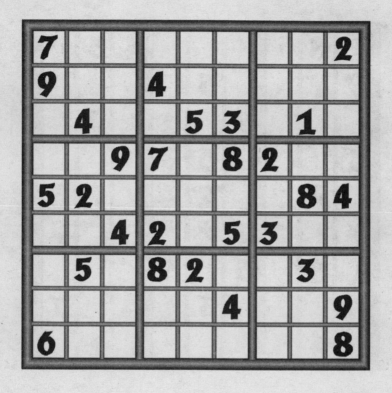

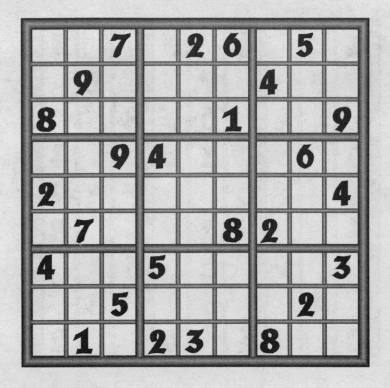

1			4		3			5
	3			9			2	
		4		6		8		
5				1				4
		8	6			7		9
4				2				8
		9		8		3		
	4			5			8	
8			1		6			2

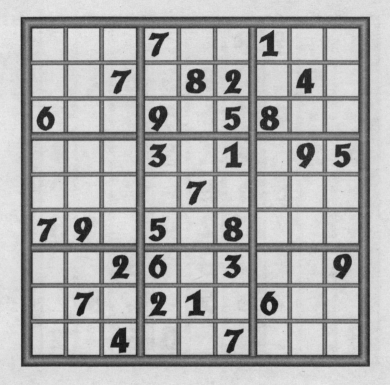

		2	8					
	5			9	3	8		
		9	1		6			7
6	1		4		2			
				8				
			6		9		1	8
1			7		4	3		
		7	3	2			8	
					8	5		

Frustrating doesn't even begin to cover it.

49

		5	7			8		
		7	2				1	6
			5	3	1			
9	5			6				
1								3
				2			8	4
			6	5	4			
3	4				7	2		
		6			2	1		

		5			4	2		
3	7				8	4		
			7	9	2			
				3			2	6
9								7
1	5			8				
			1	2	3			
		8	4				1	9
		7	8			3		

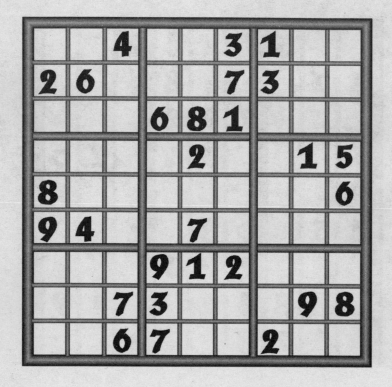

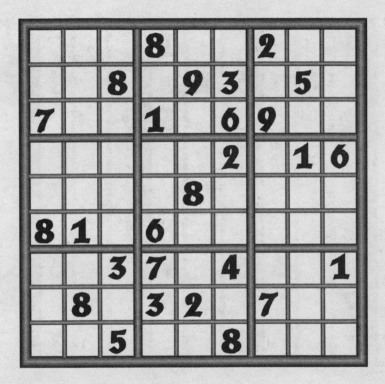

I think finishing it halfway should count.

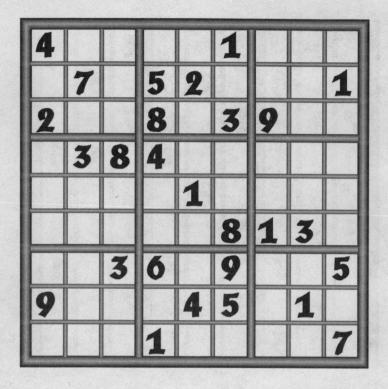

							3	
2			5				7	
		6	1		9	4		
6	2	4			1			
		7		9		1		
			7			6	5	2
		1	3		7	8		
	6				5			3
	8							

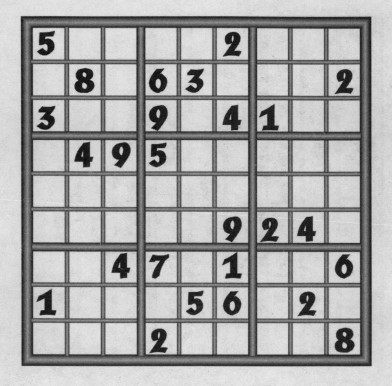

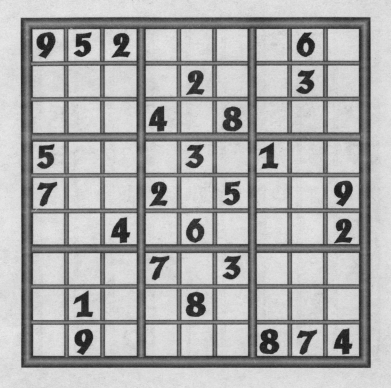

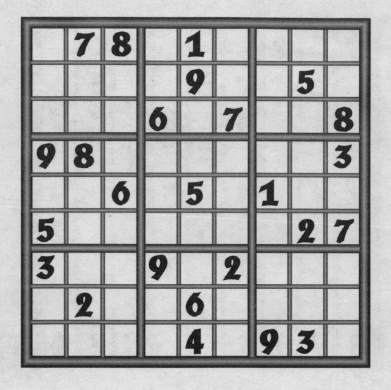

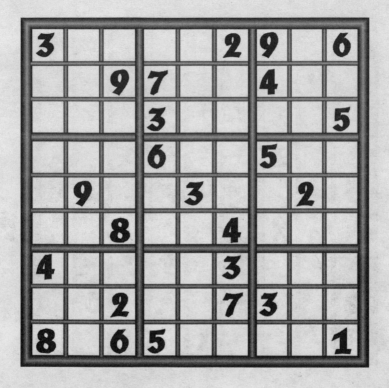

60

				5				4
	9				6			7
		3	7		2			
		1				4		
5	4			9			1	8
		2				6		
			4		9	7		
2			3				6	
3				1				

It's cute how you think
I can do this.

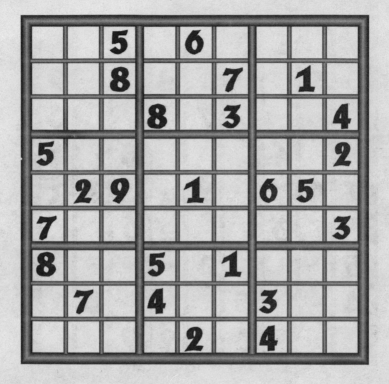

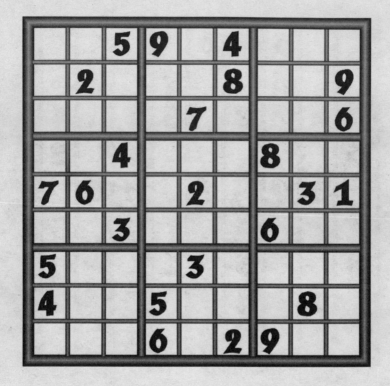

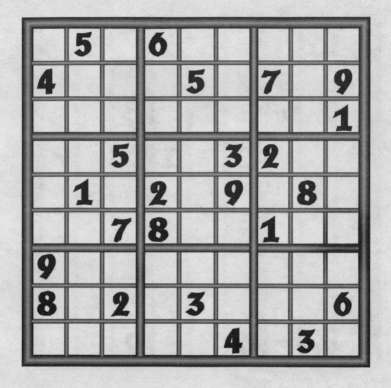

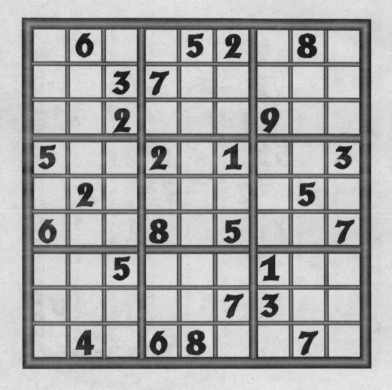

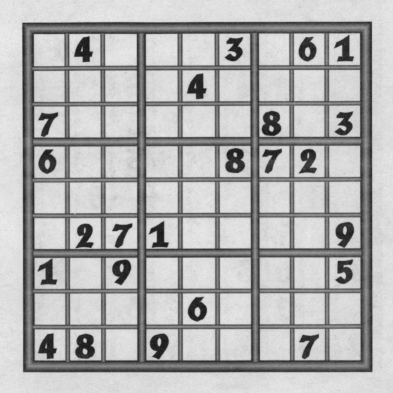

Quick. Give up.

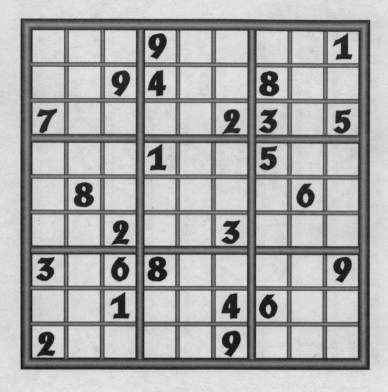

		3	2					
1			6					2
5		7			4	9		
					5			4
	8						1	
7			3					
		2	1			5		8
8					6			3
					2	4		

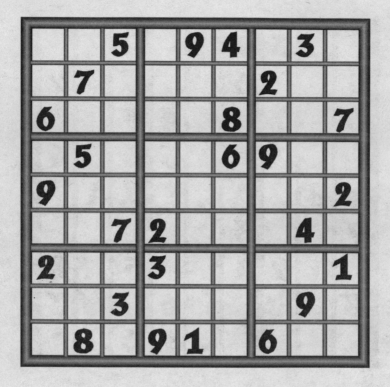

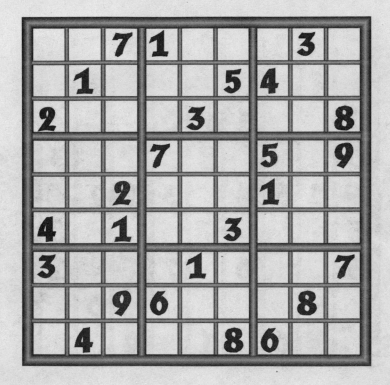

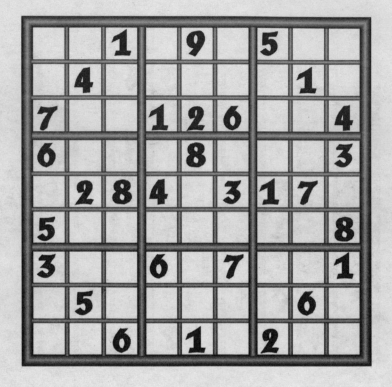

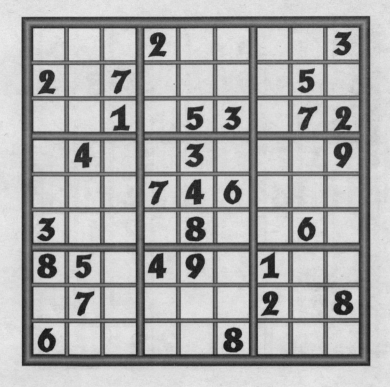

3			5					6
5			9			4	8	
			3	1	8			
	3	7		4				
		8				1		
				9		2	6	
			4	3	2			
	2	1			5			9
4					9			8

This one will cheerfully
kick your butt.

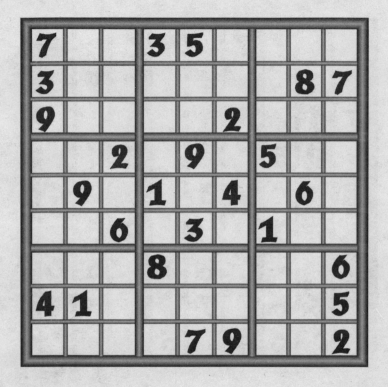

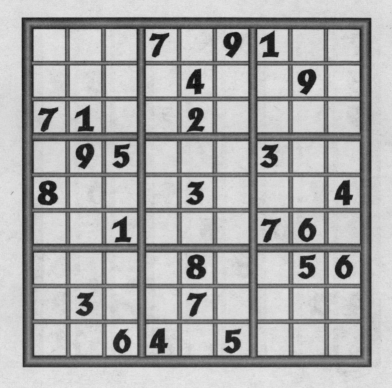

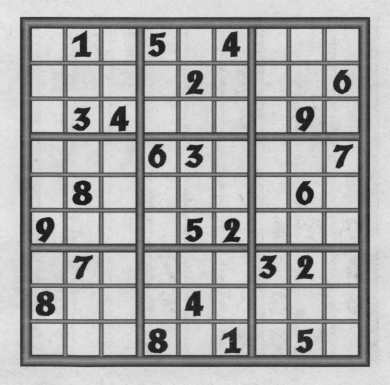

					3	9	8	
			2			7		1
	8		1					4
						1	5	2
9	6	4						
3					7		9	
6		8			5			
	5	9	4					

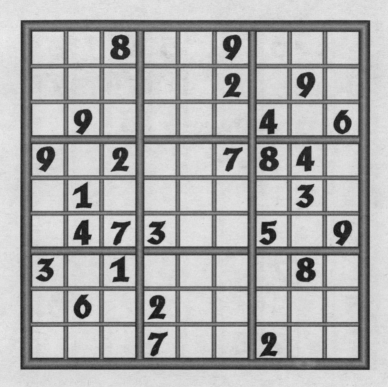

Maybe we should try
a crossword puzzle.

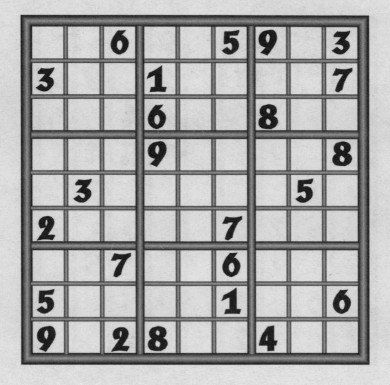

		8			7	2		5
5			3					9
			8			1		
			2					1
	5						7	
4					9			
		9			8			
7					3			8
2		4	1			6		

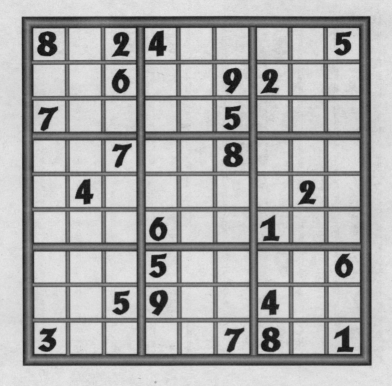

A Su Doku Even Yu Candu

Can you solve it?
Try to fill every square with a 1.
Answers on page 143.

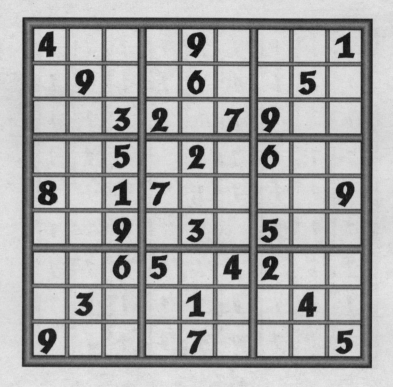

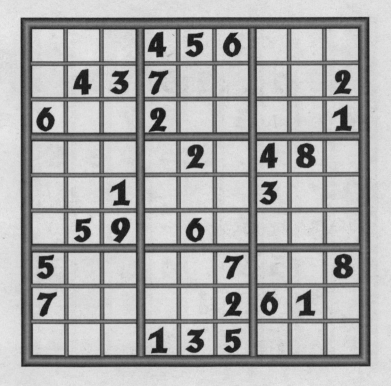

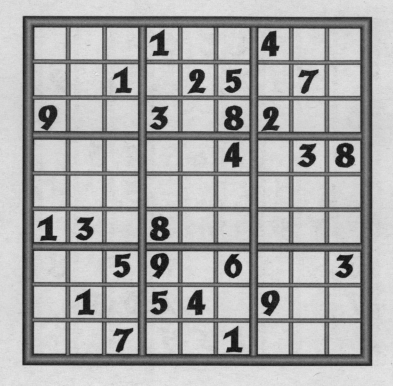

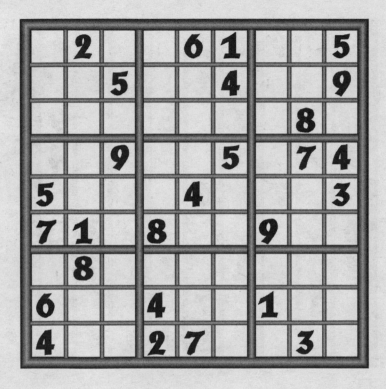

Why is it fun to organize these numbers but organizing your room is a drag?

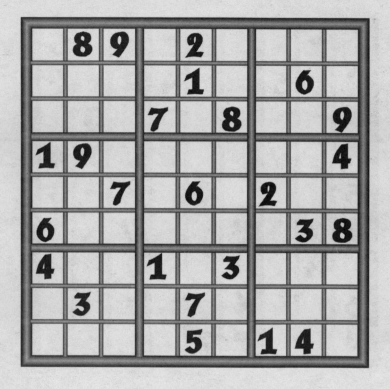

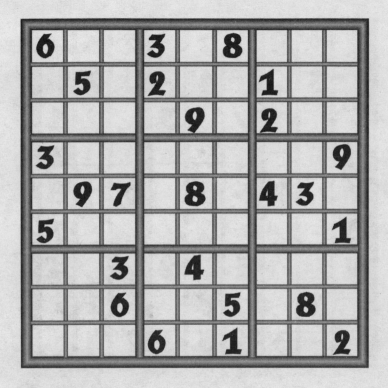

		8		7		2		
	3			4			7	
7			9		5			1
4				9				3
		7	5			6		8
3				1				7
9			3		2			4
	2			8			1	
		3		5		7		

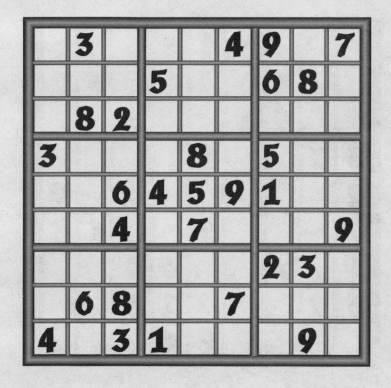

			3	4	5			
		1	6				3	2
		9	1			5		
3	7			1				
2								9
				5			4	8
		7			6	4		
5	9				1	6		
			9	2	4			

Impossibly difficult but it still beats homework.

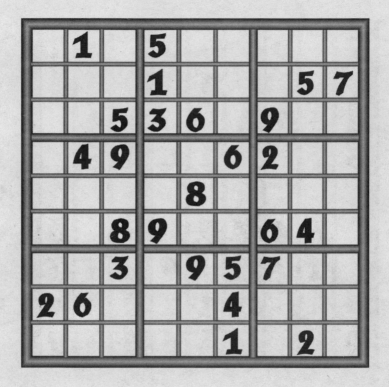

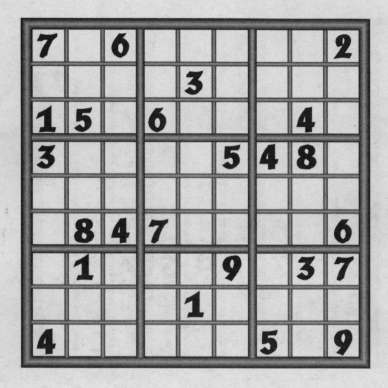

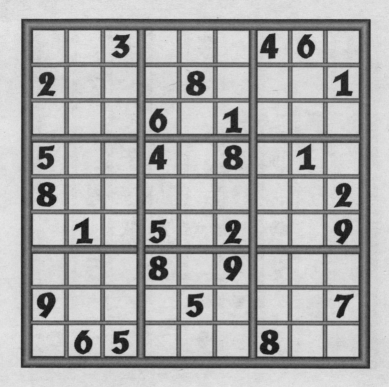

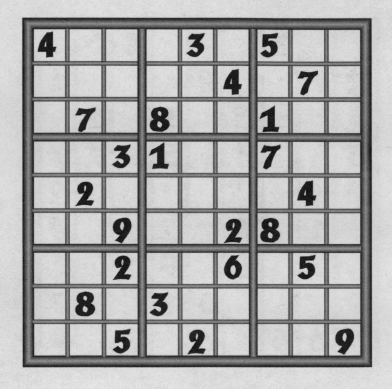

9				7		8		
	2		8					
5					3		2	
2					5			7
	8						6	
3			6					4
	9		1					6
					7		3	
		4		6				9

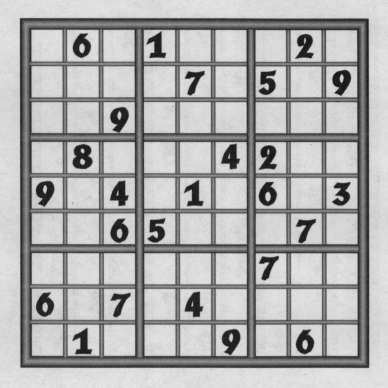

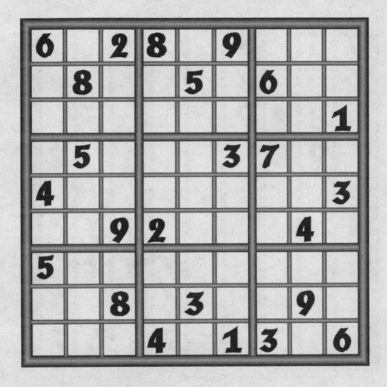

Isn't su doku a kind of karate
used by girls named Sue?

7	5		8					
6			3			7		
	8	2	9					
	9	8						2
1						5	3	
					7	1	4	
		6			4			3
					2		6	7

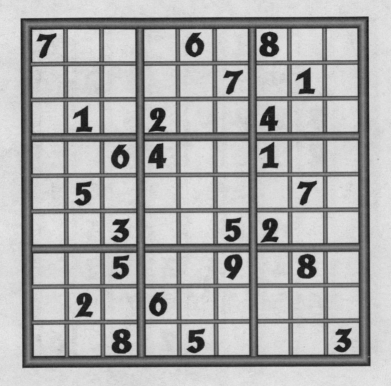

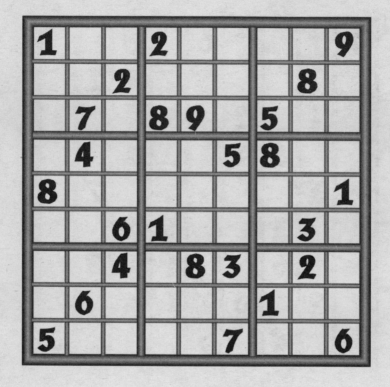

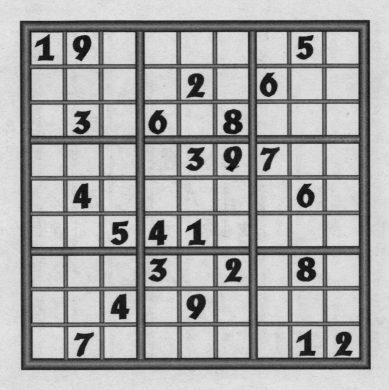

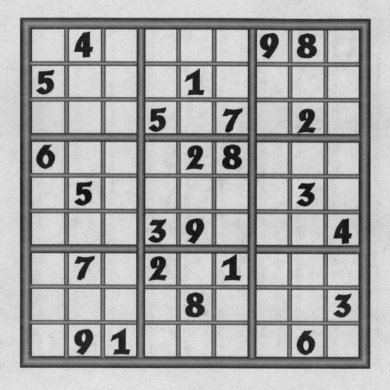

Anybody can put in numbers.
Let's draw bunnies in the
empty boxes.

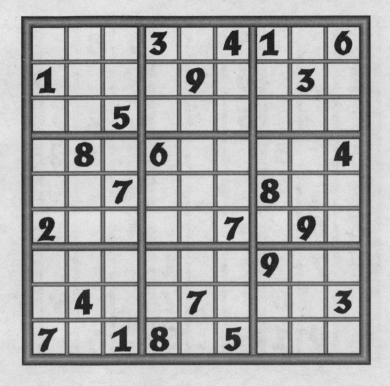

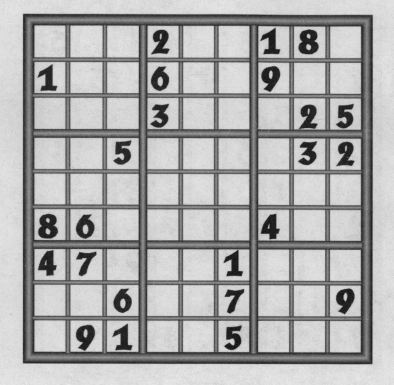

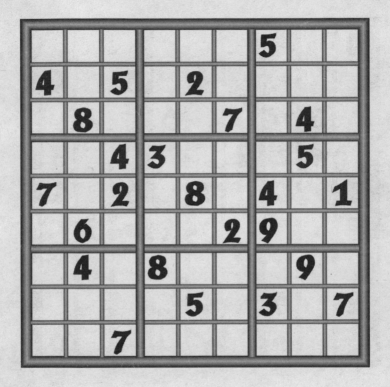

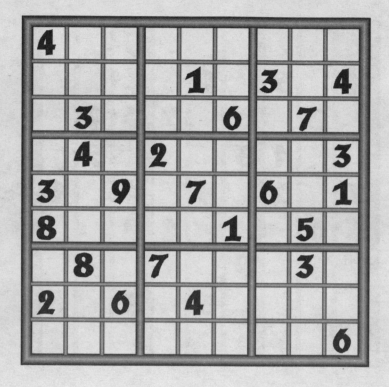

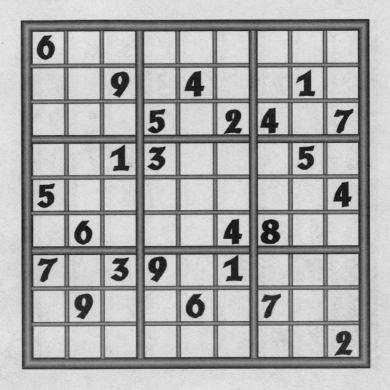

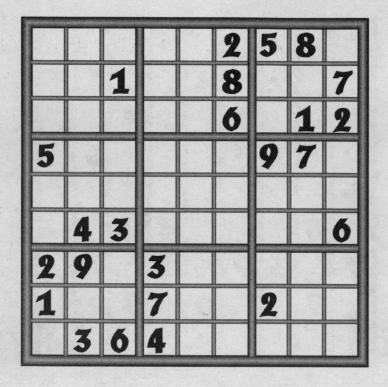

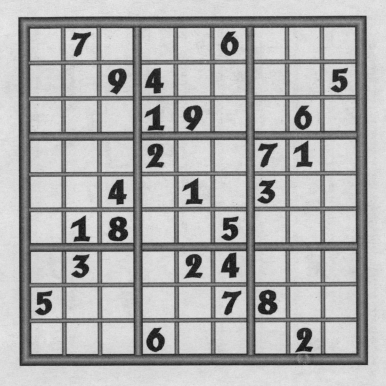

I have a dream. And in it, these puzzles are against the law.

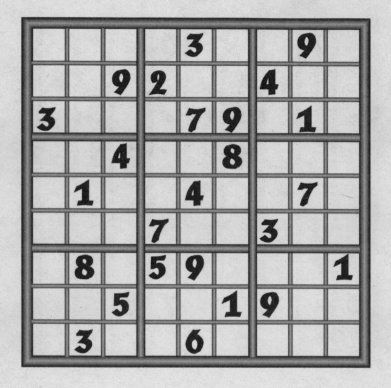

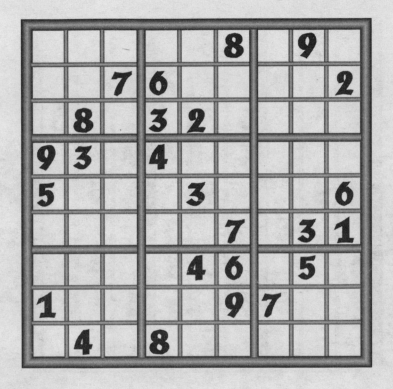

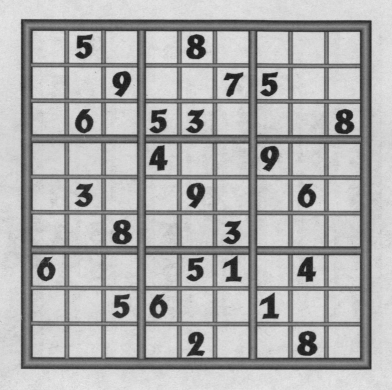

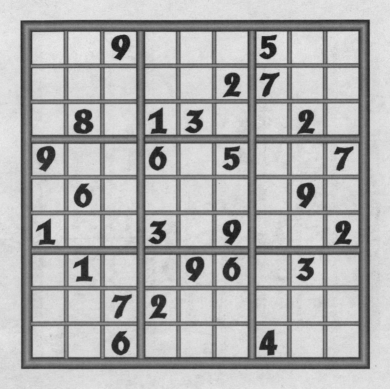

7				6		8		
					7		1	
	1		2			4		
		6	4			1		
	5						7	
		3			5	2		
		5			9		8	
	2		6					
		8		5				3

Didn't we already do this one?

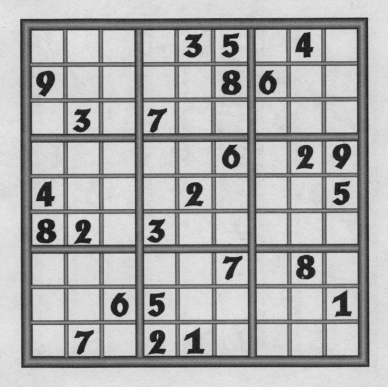

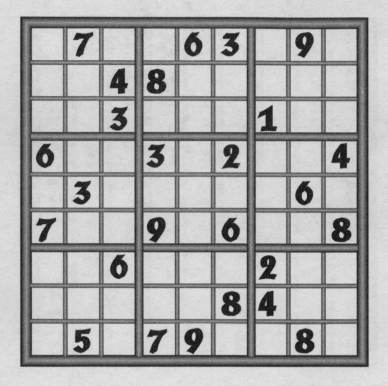

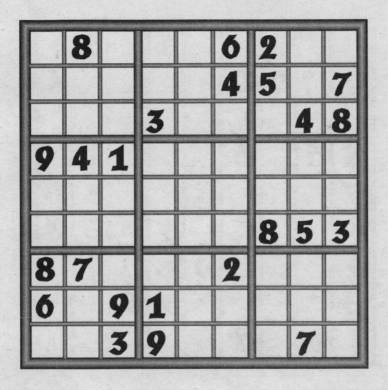

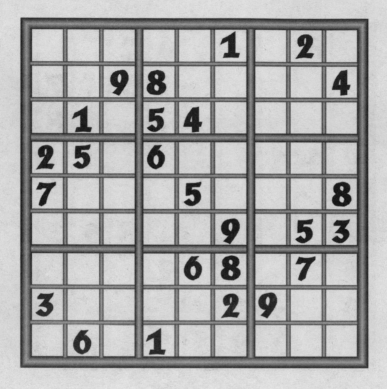

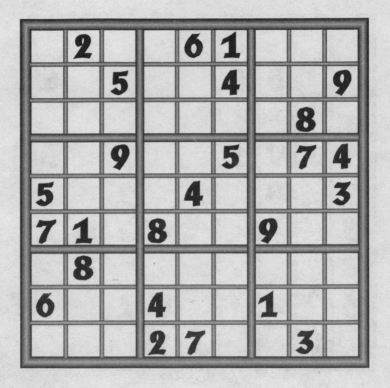

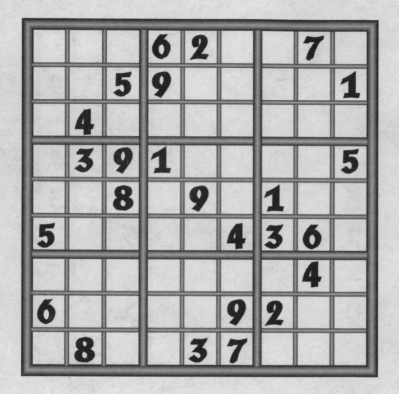

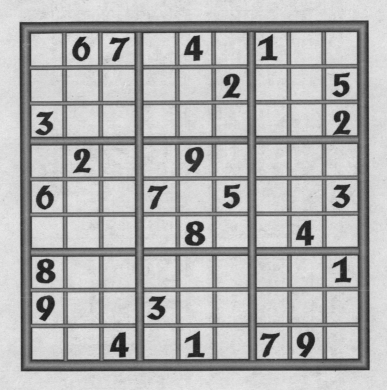

Go ahead and tear the book to shreds. You'll feel better.

THE SOLUTIONS

1

5	8	9	7	1	4	2	6	3
6	3	7	8	2	9	5	1	4
2	4	1	5	3	6	9	8	7
4	9	6	2	5	8	7	3	1
8	5	3	1	9	7	6	4	2
7	1	2	6	4	3	8	5	9
9	6	5	4	7	1	3	2	8
3	2	4	9	8	5	1	7	6
1	7	8	3	6	2	4	9	5

5

5	3	2	4	6	7	1	9	8
1	6	7	9	5	8	3	4	2
4	9	8	2	3	1	5	7	6
6	2	5	3	4	9	7	8	1
9	7	1	8	2	5	6	3	4
3	8	4	1	7	6	9	2	5
7	5	9	6	8	4	2	1	3
8	1	3	5	9	2	4	6	7
2	4	6	7	1	3	8	5	9

2

4	7	8	6	9	3	1	5	2
5	2	6	7	1	8	4	9	3
1	3	9	4	2	5	8	7	6
3	8	5	1	4	7	6	2	9
7	4	2	9	8	6	5	3	1
6	9	1	5	3	2	7	4	8
8	5	4	3	6	9	2	1	7
2	1	3	8	7	4	9	6	5
9	6	7	2	5	1	3	8	4

6

7	1	2	9	3	6	4	8	5
8	5	9	1	4	2	7	3	6
4	6	3	7	5	8	2	1	9
6	2	8	4	7	1	9	5	3
1	7	5	3	2	9	8	6	4
9	3	4	8	6	5	1	7	2
2	8	7	6	9	3	5	4	1
5	4	6	2	1	7	3	9	8
3	9	1	5	8	4	6	2	7

3

7	5	1	2	8	9	3	6	4
4	2	8	3	5	6	1	7	9
3	6	9	7	1	4	2	8	5
2	7	6	9	3	5	4	1	8
1	8	4	6	2	7	9	5	3
5	9	3	1	4	8	6	2	7
8	1	5	4	9	2	7	3	6
6	4	2	8	7	3	5	9	1
9	3	7	5	6	1	8	4	2

7

2	3	6	8	7	9	5	4	1
8	5	7	4	1	6	3	9	2
4	9	1	5	2	3	8	7	6
3	7	9	6	5	2	1	8	4
6	1	8	9	3	4	7	2	5
5	4	2	7	8	1	6	3	9
7	6	4	1	9	8	2	5	3
9	8	3	2	6	5	4	1	7
1	2	5	3	4	7	9	6	8

4

7	8	9	5	1	2	4	6	3
1	6	4	8	3	7	5	2	9
2	3	5	6	4	9	7	8	1
6	2	8	9	5	1	3	7	4
3	5	7	2	8	4	9	1	6
4	9	1	7	6	3	2	5	8
8	1	2	4	9	5	6	3	7
5	4	6	3	7	8	1	9	2
9	7	3	1	2	6	8	4	5

8

8	1	7	3	4	6	5	2	9
9	2	6	5	8	7	4	3	1
3	4	5	9	2	1	8	7	6
2	5	9	1	6	3	7	4	8
4	6	8	2	7	9	3	1	5
1	7	3	4	5	8	9	6	2
6	8	1	7	3	5	2	9	4
7	9	2	8	1	4	6	5	3
5	3	4	6	9	2	1	8	7

9

6	9	1	8	2	5	3	7	4
7	4	8	9	3	1	6	2	5
3	5	2	6	4	7	1	9	8
5	1	7	3	6	9	8	4	2
9	6	4	2	1	8	7	5	3
8	2	3	7	5	4	9	6	1
1	7	6	5	8	2	4	3	9
4	3	5	1	9	6	2	8	7
2	8	9	4	7	3	5	1	6

13

5	1	4	6	9	3	7	8	2
3	6	9	2	7	8	5	1	4
2	7	8	5	1	4	9	3	6
4	9	2	3	8	1	6	5	7
6	5	3	4	2	7	8	9	1
7	8	1	9	5	6	4	2	3
1	3	5	7	6	9	2	4	8
9	4	7	8	3	2	1	6	5
8	2	6	1	4	5	3	7	9

10

7	1	6	4	2	5	3	8	9
4	8	3	6	7	9	5	1	2
9	5	2	8	1	3	7	4	6
8	9	5	1	4	6	2	3	7
1	3	4	7	5	2	9	6	8
2	6	7	3	9	8	1	5	4
6	7	1	2	3	4	8	9	5
3	4	9	5	8	7	6	2	1
5	2	8	9	6	1	4	7	3

14

9	1	4	6	5	7	3	2	8
6	3	5	2	8	4	1	7	9
2	7	8	3	9	1	6	5	4
1	5	7	4	3	9	8	6	2
4	8	6	7	1	2	5	9	3
3	2	9	5	6	8	4	1	7
5	4	2	8	7	6	9	3	1
7	6	1	9	4	3	2	8	5
8	9	3	1	2	5	7	4	6

11

1	2	5	7	6	8	4	3	9
7	4	6	3	9	5	2	8	1
3	8	9	4	1	2	7	6	5
2	6	8	5	4	1	9	7	3
5	9	7	8	2	3	6	1	4
4	3	1	6	7	9	5	2	8
6	5	3	9	8	7	1	4	2
8	7	2	1	5	4	3	9	6
9	1	4	2	3	6	8	5	7

15

5	2	3	8	1	6	7	4	9
7	8	4	5	9	3	1	2	6
6	9	1	4	7	2	8	3	5
2	3	9	1	4	5	6	8	7
4	5	7	2	6	8	9	1	3
1	6	8	9	3	7	2	5	4
3	4	2	7	8	9	5	6	1
9	1	5	6	2	4	3	7	8
8	7	6	3	5	1	4	9	2

12

2	4	1	6	7	9	8	5	3
3	5	9	8	2	1	7	6	4
6	7	8	4	5	3	2	1	9
7	8	2	3	9	6	1	4	5
4	9	3	5	1	2	6	7	8
5	1	6	7	8	4	3	9	2
9	2	4	1	6	8	5	3	7
1	3	5	2	4	7	9	8	6
8	6	7	9	3	5	4	2	1

16

6	3	8	7	9	1	5	2	4
9	7	4	8	2	5	6	3	1
5	2	1	4	3	6	9	8	7
3	5	7	9	6	2	1	4	8
1	6	9	3	4	8	2	7	5
4	8	2	5	1	7	3	6	9
2	4	6	1	8	9	7	5	3
7	9	3	2	5	4	8	1	6
8	1	5	6	7	3	4	9	2

17

9	8	7	6	2	5	4	1	3
5	6	3	8	4	1	7	2	9
1	2	4	7	9	3	6	5	8
3	9	6	2	1	8	5	4	7
8	7	2	9	5	4	1	3	6
4	5	1	3	7	6	9	8	2
2	3	5	1	6	9	8	7	4
6	4	8	5	3	7	2	9	1
7	1	9	4	8	2	3	6	5

21

4	3	2	1	6	9	8	5	7
9	1	7	3	8	5	2	6	4
5	6	8	2	4	7	1	9	3
7	4	1	6	5	3	9	8	2
3	2	6	4	9	8	5	7	1
8	9	5	7	2	1	4	3	6
6	7	9	5	1	4	3	2	8
1	8	3	9	7	2	6	4	5
2	5	4	8	3	6	7	1	9

18

5	4	3	2	7	1	9	6	8
1	2	8	4	9	6	3	7	5
6	7	9	3	5	8	2	1	4
8	5	2	7	6	4	1	9	3
4	3	7	5	1	9	6	8	2
9	1	6	8	3	2	5	4	7
7	8	1	6	2	5	4	3	9
2	9	4	1	8	3	7	5	6
3	6	5	9	4	7	8	2	1

22

3	2	1	9	5	8	7	4	6
8	9	6	2	7	4	1	5	3
4	5	7	1	3	6	9	8	2
6	3	9	5	4	2	8	7	1
2	1	5	3	8	7	4	6	9
7	8	4	6	1	9	3	2	5
5	6	8	4	9	3	2	1	7
9	7	2	8	6	1	5	3	4
1	4	3	7	2	5	6	9	8

19

2	1	9	8	4	7	6	3	5
7	8	5	1	6	3	9	4	2
3	4	6	9	2	5	8	7	1
5	2	8	4	3	1	7	6	9
1	9	4	2	7	6	3	5	8
6	7	3	5	9	8	2	1	4
4	5	7	3	8	2	1	9	6
8	6	1	7	5	9	4	2	3
9	3	2	6	1	4	5	8	7

23

8	7	6	5	1	4	3	9	2
4	5	2	7	3	9	6	1	8
9	1	3	6	8	2	5	4	7
2	8	5	1	9	7	4	3	6
7	6	1	8	4	3	9	2	5
3	4	9	2	6	5	8	7	1
1	2	4	9	5	8	7	6	3
5	3	7	4	2	6	1	8	9
6	9	8	3	7	1	2	5	4

20

1	9	8	7	3	6	5	2	4
6	7	4	9	5	2	8	3	1
2	3	5	8	1	4	7	6	9
4	1	7	3	2	9	6	5	8
9	8	3	1	6	5	2	4	7
5	6	2	4	8	7	1	9	3
3	4	6	2	7	1	9	8	5
7	5	9	6	4	8	3	1	2
8	2	1	5	9	3	4	7	6

24

6	5	4	3	8	2	1	7	9
2	3	9	5	1	7	4	8	6
7	8	1	4	6	9	3	2	5
9	6	3	8	7	5	2	1	4
5	4	8	6	2	1	7	9	3
1	2	7	9	4	3	6	5	8
8	9	2	7	3	6	5	4	1
3	1	5	2	9	4	8	6	7
4	7	6	1	5	8	9	3	2

25

6	5	9	4	3	7	8	1	2
7	1	8	9	5	2	4	6	3
4	2	3	8	6	1	5	7	9
2	3	7	6	4	9	1	8	5
1	6	5	3	2	8	7	9	4
8	9	4	1	7	5	3	2	6
5	7	6	2	1	4	9	3	8
9	4	2	7	8	3	6	5	1
3	8	1	5	9	6	2	4	7

29

5	3	9	8	2	6	7	1	4
6	8	1	5	4	7	2	9	3
2	4	7	1	3	9	5	6	8
3	7	6	9	5	8	4	2	1
8	9	5	2	1	4	6	3	7
4	1	2	6	7	3	9	8	5
7	2	8	4	6	1	3	5	9
9	6	4	3	8	5	1	7	2
1	5	3	7	9	2	8	4	6

26

1	6	8	4	2	9	3	7	5
3	9	4	7	1	5	2	8	6
5	7	2	3	8	6	9	4	1
6	4	3	1	7	2	5	9	8
8	5	9	6	3	4	1	2	7
2	1	7	5	9	8	6	3	4
7	8	1	2	5	3	4	6	9
4	2	5	9	6	7	8	1	3
9	3	6	8	4	1	7	5	2

30

8	9	2	4	6	3	5	7	1
5	3	6	8	7	1	9	2	4
1	4	7	2	5	9	8	6	3
7	5	4	3	8	2	6	1	9
9	6	1	5	4	7	2	3	8
3	2	8	9	1	6	7	4	5
2	7	9	1	3	5	4	8	6
4	1	5	6	2	8	3	9	7
6	8	3	7	9	4	1	5	2

27

4	1	2	5	3	8	6	7	9
3	5	7	6	2	9	8	4	1
6	9	8	4	7	1	2	5	3
8	4	5	9	1	7	3	2	6
9	2	6	3	8	4	5	1	7
1	7	3	2	6	5	9	8	4
7	3	1	8	5	6	4	9	2
5	6	4	1	9	2	7	3	8
2	8	9	7	4	3	1	6	5

31

8	2	5	7	3	9	6	4	1
3	1	4	8	5	6	7	9	2
6	7	9	1	4	2	3	5	8
5	3	2	9	6	1	4	8	7
7	4	8	5	2	3	9	1	6
1	9	6	4	8	7	5	2	3
4	6	1	2	7	5	8	3	9
2	8	3	6	9	4	1	7	5
9	5	7	3	1	8	2	6	4

28

7	6	1	5	4	8	9	2	3
8	2	9	1	6	3	5	7	4
5	3	4	9	7	2	6	8	1
3	4	8	7	5	1	2	9	6
2	7	6	4	3	9	8	1	5
9	1	5	2	8	6	4	3	7
6	8	7	3	2	5	1	4	9
1	5	3	8	9	4	7	6	2
4	9	2	6	1	7	3	5	8

32

3	6	9	2	4	8	5	7	1
8	2	5	1	9	7	6	3	4
1	7	4	5	6	3	8	9	2
5	1	2	6	3	4	7	8	9
4	8	3	9	7	5	2	1	6
7	9	6	8	2	1	4	5	3
6	4	1	7	8	9	3	2	5
2	5	7	3	1	6	9	4	8
9	3	8	4	5	2	1	6	7

33

4	5	7	1	2	6	3	8	9
8	6	2	5	9	3	1	4	7
9	1	3	7	4	8	2	6	5
6	8	1	9	5	7	4	3	2
5	3	9	4	8	2	7	1	6
7	2	4	6	3	1	5	9	8
3	4	6	8	7	5	9	2	1
1	9	5	2	6	4	8	7	3
2	7	8	3	1	9	6	5	4

37

9	4	3	1	6	2	8	7	5
2	6	1	5	7	8	3	4	9
5	8	7	4	3	9	1	2	6
8	3	6	7	9	4	5	1	2
1	2	9	3	8	5	7	6	4
7	5	4	6	2	1	9	3	8
3	9	5	2	4	7	6	8	1
4	7	8	9	1	6	2	5	3
6	1	2	8	5	3	4	9	7

34

4	2	3	9	8	6	7	1	5
9	6	8	5	7	1	2	3	4
7	5	1	4	2	3	8	9	6
6	1	7	2	9	5	4	8	3
2	9	5	8	3	4	6	7	1
8	3	4	1	6	7	5	2	9
1	7	9	6	5	2	3	4	8
3	8	6	7	4	9	1	5	2
5	4	2	3	1	8	9	6	7

38

3	7	8	5	4	6	2	9	1
4	5	9	7	2	1	3	8	6
6	1	2	9	8	3	5	4	7
5	2	7	6	1	9	4	3	8
1	8	3	4	7	2	6	5	9
9	4	6	8	3	5	7	1	2
2	9	1	3	6	4	8	7	5
7	3	5	2	9	8	1	6	4
8	6	4	1	5	7	9	2	3

35

5	4	7	2	1	9	8	6	3
2	6	1	8	3	5	4	7	9
3	8	9	4	7	6	2	5	1
6	7	5	3	4	1	9	2	8
4	3	8	7	9	2	6	1	5
9	1	2	6	5	8	7	3	4
7	9	3	1	6	4	5	8	2
8	5	6	9	2	3	1	4	7
1	2	4	5	8	7	3	9	6

39

7	6	4	3	5	2	1	8	9
9	5	3	7	8	1	6	2	4
8	1	2	6	4	9	7	5	3
6	9	1	4	2	7	8	3	5
5	4	8	1	6	3	9	7	2
3	2	7	8	9	5	4	1	6
1	8	9	5	3	4	2	6	7
2	7	5	9	1	6	3	4	8
4	3	6	2	7	8	5	9	1

36

5	1	8	6	3	4	2	7	9
3	4	2	8	7	9	5	1	6
9	6	7	5	2	1	8	4	3
6	2	3	7	8	5	1	9	4
7	9	4	1	6	2	3	8	5
8	5	1	9	4	3	7	6	2
2	8	9	3	1	6	4	5	7
1	3	5	4	9	7	6	2	8
4	7	6	2	5	8	9	3	1

40

7	3	8	1	6	2	9	4	5
6	4	9	7	5	3	1	2	8
5	1	2	4	9	8	3	6	7
4	6	5	9	7	1	8	3	2
9	2	7	8	3	5	4	1	6
3	8	1	6	2	4	7	5	9
2	5	4	3	8	7	6	9	1
8	9	3	2	1	6	5	7	4
1	7	6	5	4	9	2	8	3

41

6	8	3	7	1	5	4	2	9
4	5	1	2	8	9	3	7	6
9	7	2	3	4	6	1	5	8
3	4	8	9	7	1	2	6	5
1	6	7	5	2	8	9	3	4
2	9	5	6	3	4	7	8	1
7	1	6	4	5	3	8	9	2
8	2	9	1	6	7	5	4	3
5	3	4	8	9	2	6	1	7

45

1	4	7	9	2	6	3	5	8
6	9	3	8	7	5	4	1	2
8	5	2	3	4	1	6	7	9
3	8	9	4	1	2	5	6	7
2	6	1	7	5	3	9	8	4
5	7	4	6	9	8	2	3	1
4	2	8	5	6	7	1	9	3
9	3	5	1	8	4	7	2	6
7	1	6	2	3	9	8	4	5

42

5	7	2	4	9	6	3	1	8
3	4	9	8	7	1	2	6	5
8	6	1	5	3	2	9	4	7
2	3	7	9	6	8	1	5	4
9	5	6	7	1	4	8	2	3
1	8	4	3	2	5	6	7	9
6	9	5	2	4	3	7	8	1
7	1	8	6	5	9	4	3	2
4	2	3	1	8	7	5	9	6

46

1	8	2	4	7	3	6	9	5
7	3	6	5	9	8	4	2	1
9	5	4	2	6	1	8	7	3
5	6	7	8	1	9	2	3	4
3	2	8	6	4	5	7	1	9
4	9	1	3	2	7	5	6	8
2	1	9	7	8	4	3	5	6
6	4	3	9	5	2	1	8	7
8	7	5	1	3	6	9	4	2

43

5	8	2	1	7	6	4	3	9
9	7	6	3	5	4	2	8	1
4	3	1	9	8	2	7	6	5
1	5	7	8	6	3	9	4	2
8	9	4	5	2	1	6	7	3
2	6	3	7	4	9	1	5	8
7	2	8	6	1	5	3	9	4
6	1	9	4	3	8	5	2	7
3	4	5	2	9	7	8	1	6

47

4	8	9	7	3	6	1	5	2
5	3	7	1	8	2	9	4	6
6	2	1	9	4	5	8	3	7
2	4	8	3	6	1	7	9	5
1	5	3	4	7	9	2	6	8
7	9	6	5	2	8	3	1	4
8	1	2	6	5	3	4	7	9
9	7	5	2	1	4	6	8	3
3	6	4	8	9	7	5	2	1

44

7	3	5	1	8	6	9	4	2
9	6	1	4	7	2	8	5	3
2	4	8	9	5	3	6	1	7
3	1	9	7	4	8	2	6	5
5	2	6	3	9	1	7	8	4
8	7	4	2	6	5	3	9	1
4	5	7	8	2	9	1	3	6
1	8	2	6	3	4	5	7	9
6	9	3	5	1	7	4	2	8

48

3	6	2	8	4	7	1	9	5
7	5	1	2	9	3	8	4	6
8	4	9	1	5	6	2	3	7
6	1	8	4	7	2	9	5	3
9	7	3	5	8	1	4	6	2
5	2	4	6	3	9	7	1	8
1	8	5	7	6	4	3	2	9
4	9	7	3	2	5	6	8	1
2	3	6	9	1	8	5	7	4

49

5	2	4	1	9	7	6	3	8
6	3	1	5	2	8	9	7	4
9	8	7	6	3	4	5	2	1
1	4	8	2	6	9	3	5	7
2	7	5	8	4	3	1	6	9
3	6	9	7	1	5	4	8	2
7	5	3	9	8	1	2	4	6
8	1	6	4	5	2	7	9	3
4	9	2	3	7	6	8	1	5

53

5	9	1	8	4	7	2	6	3
6	4	8	2	9	3	1	5	7
7	3	2	1	5	6	9	4	8
3	5	9	4	7	2	8	1	6
2	6	4	5	8	1	3	7	9
8	1	7	6	3	9	4	2	5
9	2	3	7	6	4	5	8	1
1	8	6	3	2	5	7	9	4
4	7	5	9	1	8	6	3	2

50

2	1	5	7	4	6	8	3	9
4	3	7	2	9	8	5	1	6
8	6	9	5	3	1	4	7	2
9	5	4	8	6	3	7	2	1
1	8	2	4	7	9	6	5	3
6	7	3	1	2	5	9	8	4
7	2	1	6	5	4	3	9	8
3	4	8	9	1	7	2	6	5
5	9	6	3	8	2	1	4	7

54

4	8	5	9	6	1	7	2	3
3	7	9	5	2	4	8	6	1
2	6	1	8	7	3	9	5	4
1	3	8	4	9	6	5	7	2
5	9	2	3	1	7	4	8	6
6	4	7	2	5	8	1	3	9
7	1	3	6	8	9	2	4	5
9	2	6	7	4	5	3	1	8
8	5	4	1	3	2	6	9	7

51

6	9	5	3	1	4	2	7	8
3	7	2	5	6	8	4	9	1
8	4	1	7	9	2	6	3	5
7	8	4	9	3	5	1	2	6
9	2	3	6	4	1	8	5	7
1	5	6	2	8	7	9	4	3
5	6	9	1	2	3	7	8	4
2	3	8	4	7	6	5	1	9
4	1	7	8	5	9	3	6	2

55

1	9	5	4	7	8	2	3	6
2	4	8	5	3	6	9	7	1
3	7	6	1	2	9	4	8	5
6	2	4	8	5	1	3	9	7
5	3	7	6	9	2	1	4	8
8	1	9	7	4	3	6	5	2
9	5	1	3	6	7	8	2	4
4	6	2	9	8	5	7	1	3
7	8	3	2	1	4	5	6	9

52

5	8	4	2	9	3	1	6	7
2	6	1	4	5	7	3	8	9
7	3	9	6	8	1	5	2	4
6	7	3	8	2	4	9	1	5
8	1	2	5	3	9	7	4	6
9	4	5	1	7	6	8	3	2
4	5	8	9	1	2	6	7	3
1	2	7	3	6	5	4	9	8
3	9	6	7	4	8	2	5	1

56

5	9	6	1	7	2	8	3	4
4	8	1	6	3	5	9	7	2
3	7	2	9	8	4	1	6	5
2	4	9	5	1	7	6	8	3
6	1	3	4	2	8	5	9	7
7	5	8	3	6	9	2	4	1
8	2	4	7	9	1	3	5	6
1	3	7	8	5	6	4	2	9
9	6	5	2	4	3	7	1	8

57

9	5	2	3	7	1	4	6	8
1	4	8	9	2	6	5	3	7
6	7	3	4	5	8	9	2	1
5	2	9	8	3	7	1	4	6
7	6	1	2	4	5	3	8	9
8	3	4	1	6	9	7	5	2
4	8	6	7	9	3	2	1	5
2	1	7	5	8	4	6	9	3
3	9	5	6	1	2	8	7	4

61

4	9	5	1	6	2	8	3	7
2	3	8	9	4	7	5	1	6
6	1	7	8	5	3	9	2	4
5	8	1	6	3	9	7	4	2
3	2	9	7	1	4	6	5	8
7	6	4	2	8	5	1	9	3
8	4	3	5	7	1	2	6	9
1	7	2	4	9	6	3	8	5
9	5	6	3	2	8	4	7	1

58

6	7	8	2	1	5	3	9	4
1	3	2	8	9	4	7	5	6
4	9	5	6	3	7	2	1	8
9	8	7	1	2	6	5	4	3
2	4	6	7	5	3	1	8	9
5	1	3	4	8	9	6	2	7
3	5	4	9	7	2	8	6	1
8	2	9	3	6	1	4	7	5
7	6	1	5	4	8	9	3	2

62

1	3	5	9	6	4	7	2	8
6	2	7	1	5	8	3	4	9
9	4	8	2	7	3	5	1	6
2	1	4	3	9	6	8	7	5
7	6	9	8	2	5	4	3	1
8	5	3	7	4	1	6	9	2
5	8	2	4	3	9	1	6	7
4	9	6	5	1	7	2	8	3
3	7	1	6	8	2	9	5	4

59

3	8	7	4	5	2	9	1	6
5	6	9	7	8	1	4	3	2
2	4	1	3	9	6	7	8	5
1	2	3	6	7	8	5	4	9
6	9	4	1	3	5	8	2	7
7	5	8	9	2	4	1	6	3
4	7	5	2	1	3	6	9	8
9	1	2	8	6	7	3	5	4
8	3	6	5	4	9	2	7	1

63

1	5	9	6	4	7	3	2	8
4	3	8	1	5	2	7	6	9
7	2	6	3	9	8	4	5	1
6	8	5	4	1	3	2	9	7
3	1	4	2	7	9	6	8	5
2	9	7	8	6	5	1	4	3
9	7	3	5	2	6	8	1	4
8	4	2	9	3	1	5	7	6
5	6	1	7	8	4	9	3	2

60

7	2	6	9	5	1	3	8	4
4	9	5	8	3	6	1	2	7
8	1	3	7	4	2	5	9	6
6	3	1	5	2	8	4	7	9
5	4	7	6	9	3	2	1	8
9	8	2	1	7	4	6	5	3
1	5	8	4	6	9	7	3	2
2	7	4	3	8	5	9	6	1
3	6	9	2	1	7	8	4	5

64

4	6	9	3	5	2	7	8	1
8	1	3	7	6	9	4	2	5
7	5	2	1	4	8	9	3	6
5	9	8	2	7	1	6	4	3
1	2	7	4	3	6	8	5	9
6	3	4	8	9	5	2	1	7
3	7	5	9	2	4	1	6	8
2	8	6	5	1	7	3	9	4
9	4	1	6	8	3	5	7	2

65

2	4	5	7	8	3	9	6	1
3	1	8	6	4	9	2	5	7
7	9	6	5	1	2	8	4	3
6	5	1	3	9	8	7	2	4
9	3	4	2	7	6	5	1	8
8	2	7	1	5	4	6	3	9
1	6	9	4	2	7	3	8	5
5	7	3	8	6	1	4	9	2
4	8	2	9	3	5	1	7	6

69

9	6	7	1	8	4	2	3	5
8	1	3	2	7	5	4	9	6
2	5	4	9	3	6	7	1	8
6	3	8	7	2	1	5	4	9
5	7	2	8	4	9	1	6	3
4	9	1	5	6	3	8	7	2
3	8	6	4	1	2	9	5	7
1	2	9	6	5	7	3	8	4
7	4	5	3	9	8	6	2	1

66

5	6	3	9	7	8	2	4	1
1	2	9	4	3	5	8	7	6
7	4	8	6	1	2	3	9	5
9	3	7	1	8	6	5	2	4
4	8	5	2	9	7	1	6	3
6	1	2	5	4	3	9	8	7
3	7	6	8	2	1	4	5	9
8	9	1	7	5	4	6	3	2
2	5	4	3	6	9	7	1	8

70

8	6	1	7	9	4	5	3	2
2	4	9	8	3	5	7	1	6
7	3	5	1	2	6	8	9	4
6	7	4	5	8	1	9	2	3
9	2	8	4	6	3	1	7	5
5	1	3	9	7	2	6	4	8
3	9	2	6	5	7	4	8	1
1	5	7	2	4	8	3	6	9
4	8	6	3	1	9	2	5	7

67

4	6	3	2	9	1	7	8	5
1	9	8	6	5	7	3	4	2
5	2	7	8	3	4	9	6	1
2	1	9	7	6	5	8	3	4
3	8	5	4	2	9	6	1	7
7	4	6	3	1	8	2	5	9
6	7	2	1	4	3	5	9	8
8	5	4	9	7	6	1	2	3
9	3	1	5	8	2	4	7	6

71

5	6	9	2	7	1	4	8	3
2	3	7	8	6	4	9	5	1
4	8	1	9	5	3	6	7	2
7	4	6	5	3	2	8	1	9
1	9	8	7	4	6	3	2	5
3	2	5	1	8	9	7	6	4
8	5	2	4	9	7	1	3	6
9	7	3	6	1	5	2	4	8
6	1	4	3	2	8	5	9	7

68

8	2	5	7	9	4	1	3	6
4	7	1	6	5	3	2	8	9
6	3	9	1	2	8	4	5	7
3	5	2	4	7	6	9	1	8
9	4	8	5	3	1	7	6	2
1	6	7	2	8	9	3	4	5
2	9	6	3	4	5	8	7	1
7	1	3	8	6	2	5	9	4
5	8	4	9	1	7	6	2	3

72

3	8	9	5	2	4	7	1	6
5	1	2	9	7	6	4	8	3
7	4	6	3	1	8	9	5	2
2	3	7	6	4	1	8	9	5
9	6	8	2	5	7	1	3	4
1	5	4	8	9	3	2	6	7
8	9	5	4	3	2	6	7	1
6	2	1	7	8	5	3	4	9
4	7	3	1	6	9	5	2	8

73

7	8	4	3	5	6	2	9	1
3	2	5	9	4	1	6	8	7
9	6	1	7	8	2	4	5	3
1	7	2	6	9	8	5	3	4
5	9	3	1	2	4	7	6	8
8	4	6	5	3	7	1	2	9
2	3	7	8	1	5	9	4	6
4	1	9	2	6	3	8	7	5
6	5	8	4	7	9	3	1	2

77

6	7	8	4	3	9	1	2	5
1	5	4	6	7	2	3	9	8
2	9	3	1	5	8	4	7	6
9	3	2	5	6	7	8	4	1
5	1	6	8	9	4	7	3	2
8	4	7	3	2	1	5	6	9
3	2	1	9	4	5	6	8	7
7	6	5	2	8	3	9	1	4
4	8	9	7	1	6	2	5	3

74

6	4	8	7	5	9	1	3	2
2	5	3	1	4	8	6	9	7
7	1	9	3	2	6	5	4	8
4	9	5	2	6	7	3	8	1
8	6	7	5	3	1	9	2	4
3	2	1	8	9	4	7	6	5
1	7	2	9	8	3	4	5	6
5	3	4	6	7	2	8	1	9
9	8	6	4	1	5	2	7	3

78

1	2	6	7	8	5	9	4	3
3	9	8	1	2	4	5	6	7
4	7	5	6	3	9	8	2	1
6	5	4	9	1	2	3	7	8
7	3	9	4	6	8	1	5	2
2	8	1	3	5	7	6	9	4
8	1	7	5	4	6	2	3	9
5	4	3	2	9	1	7	8	6
9	6	2	8	7	3	4	1	5

75

6	1	7	5	9	4	2	8	3
5	9	8	3	2	7	4	1	6
2	3	4	1	8	6	7	9	5
1	5	2	6	3	8	9	4	7
7	8	3	4	1	9	5	6	2
9	4	6	7	5	2	8	3	1
4	7	1	9	6	5	3	2	8
8	6	5	2	4	3	1	7	9
3	2	9	8	7	1	6	5	4

79

3	4	8	9	1	7	2	6	5
5	2	1	3	4	6	7	8	9
6	9	7	8	5	2	1	4	3
8	7	6	2	3	4	5	9	1
9	5	2	6	8	1	3	7	4
4	1	3	5	7	9	8	2	6
1	3	9	7	6	8	4	5	2
7	6	5	4	2	3	9	1	8
2	8	4	1	9	5	6	3	7

76

4	1	2	7	5	3	9	8	6
5	9	6	2	8	4	7	3	1
7	8	3	1	9	6	5	2	4
8	3	7	6	4	9	1	5	2
1	2	5	3	7	8	6	4	9
9	6	4	5	1	2	3	7	8
3	4	1	8	6	7	2	9	5
6	7	8	9	2	5	4	1	3
2	5	9	4	3	1	8	6	7

80

8	3	2	4	7	6	9	1	5
4	5	6	3	1	9	2	8	7
7	1	9	8	2	5	3	6	4
2	6	7	1	9	8	5	4	3
9	4	1	7	5	3	6	2	8
5	8	3	6	4	2	1	7	9
1	2	8	5	3	4	7	9	6
6	7	5	9	8	1	4	3	2
3	9	4	2	6	7	8	5	1

81

4	6	7	8	9	5	3	2	1
2	9	8	1	6	3	7	5	4
1	5	3	2	4	7	9	8	6
3	4	5	9	2	1	6	7	8
8	2	1	7	5	6	4	3	9
6	7	9	4	3	8	5	1	2
7	1	6	5	8	4	2	9	3
5	3	2	6	1	9	8	4	7
9	8	4	3	7	2	1	6	5

85

7	8	9	3	2	6	4	1	5
2	4	3	9	1	5	8	6	7
5	1	6	7	4	8	3	2	9
1	9	8	2	3	7	6	5	4
3	5	7	8	6	4	2	9	1
6	2	4	5	9	1	7	3	8
4	6	5	1	8	3	9	7	2
9	3	1	4	7	2	5	8	6
8	7	2	6	5	9	1	4	3

82

1	2	7	4	5	6	8	9	3
8	4	3	7	1	9	5	6	2
6	9	5	2	8	3	7	4	1
3	7	6	5	2	1	4	8	9
2	8	1	9	7	4	3	5	6
4	5	9	3	6	8	1	2	7
5	1	2	6	4	7	9	3	8
7	3	4	8	9	2	6	1	5
9	6	8	1	3	5	2	7	4

86

6	2	1	3	5	8	9	4	7
8	5	9	2	7	4	1	6	3
7	3	4	1	9	6	2	5	8
3	6	8	4	1	7	5	2	9
1	9	7	5	8	2	4	3	6
5	4	2	9	6	3	8	7	1
2	7	3	8	4	9	6	1	5
9	1	6	7	2	5	3	8	4
4	8	5	6	3	1	7	9	2

83

7	2	3	1	6	9	4	8	5
8	6	1	4	2	5	3	7	9
9	5	4	3	7	8	2	6	1
5	7	2	6	9	4	1	3	8
4	8	6	7	1	3	5	9	2
1	3	9	8	5	2	6	4	7
2	4	5	9	8	6	7	1	3
3	1	8	5	4	7	9	2	6
6	9	7	2	3	1	8	5	4

87

1	9	8	6	7	3	2	4	5
5	3	2	8	4	1	9	7	6
7	6	4	9	2	5	8	3	1
4	5	6	7	9	8	1	2	3
2	1	7	5	3	4	6	9	8
3	8	9	2	1	6	4	5	7
9	7	1	3	6	2	5	8	4
6	2	5	4	8	7	3	1	9
8	4	3	1	5	9	7	6	2

84

9	2	8	7	6	1	3	4	5
1	7	5	3	8	4	6	2	9
3	4	6	5	9	2	7	8	1
8	3	9	6	1	5	2	7	4
5	6	2	9	4	7	8	1	3
7	1	4	8	2	3	9	5	6
2	8	3	1	5	9	4	6	7
6	5	7	4	3	8	1	9	2
4	9	1	2	7	6	5	3	8

88

6	3	5	8	2	4	9	1	7
7	4	9	5	1	3	6	8	2
1	8	2	7	9	6	3	4	5
3	9	1	6	8	2	5	7	4
8	7	6	4	5	9	1	2	3
2	5	4	3	7	1	8	6	9
5	1	7	9	4	8	2	3	6
9	6	8	2	3	7	4	5	1
4	2	3	1	6	5	7	9	8

89

7	8	2	3	4	5	9	1	6
4	5	1	6	9	8	7	3	2
6	3	9	1	7	2	5	8	4
3	7	8	4	1	9	2	6	5
2	4	5	8	6	3	1	7	9
9	1	6	2	5	7	3	4	8
8	2	7	5	3	6	4	9	1
5	9	4	7	8	1	6	2	3
1	6	3	9	2	4	8	5	7

93

4	9	1	2	3	7	5	6	8
2	5	8	6	1	4	9	7	3
3	7	6	8	5	9	1	2	4
5	4	3	1	6	8	7	9	2
8	2	7	5	9	3	6	4	1
6	1	9	7	4	2	8	3	5
1	3	2	9	8	6	4	5	7
9	8	4	3	7	5	2	1	6
7	6	5	4	2	1	3	8	9

90

9	1	2	5	4	7	8	3	6
8	3	6	1	2	9	4	5	7
4	7	5	3	6	8	9	1	2
3	4	9	7	5	6	2	8	1
6	2	1	4	8	3	5	7	9
7	5	8	9	1	2	6	4	3
1	8	3	2	9	5	7	6	4
2	6	7	8	3	4	1	9	5
5	9	4	6	7	1	3	2	8

94

9	1	3	2	7	6	8	4	5
4	2	7	8	5	1	6	9	3
5	6	8	4	9	3	7	2	1
2	4	6	3	1	5	9	8	7
1	8	5	7	4	9	3	6	2
3	7	9	6	8	2	1	5	4
8	9	2	1	3	4	5	7	6
6	5	1	9	2	7	4	3	8
7	3	4	5	6	8	2	1	9

91

7	3	6	1	8	4	9	5	2
2	4	9	5	3	7	1	6	8
1	5	8	6	9	2	7	4	3
3	2	7	9	6	5	4	8	1
6	9	1	8	4	3	2	7	5
5	8	4	7	2	1	3	9	6
8	1	2	4	5	9	6	3	7
9	7	5	3	1	6	8	2	4
4	6	3	2	7	8	5	1	9

95

4	6	5	1	9	3	8	2	7
8	3	1	6	7	2	5	4	9
2	7	9	4	8	5	1	3	6
7	8	3	9	6	4	2	1	5
9	5	4	2	1	7	6	8	3
1	2	6	5	3	8	9	7	4
5	4	8	3	2	6	7	9	1
6	9	7	8	4	1	3	5	2
3	1	2	7	5	9	4	6	8

92

1	7	3	9	2	5	4	6	8
2	5	6	7	8	4	9	3	1
4	8	9	6	3	1	2	7	5
5	3	2	4	9	8	7	1	6
8	9	7	1	6	3	5	4	2
6	1	4	5	7	2	3	8	9
7	2	1	8	4	9	6	5	3
9	4	8	3	5	6	1	2	7
3	6	5	2	1	7	8	9	4

96

6	1	2	8	7	9	5	3	4
7	8	3	1	5	4	6	2	9
9	4	5	3	2	6	8	7	1
8	5	1	9	4	3	7	6	2
4	2	6	7	1	5	9	8	3
3	7	9	2	6	8	1	4	5
5	3	4	6	9	7	2	1	8
1	6	8	5	3	2	4	9	7
2	9	7	4	8	1	3	5	6

97

7	5	3	8	4	1	9	2	6
6	1	9	3	2	5	7	8	4
4	8	2	9	7	6	3	1	5
5	9	8	4	1	3	6	7	2
3	6	7	2	5	8	4	9	1
1	2	4	7	6	9	5	3	8
2	3	5	6	8	7	1	4	9
8	7	6	1	9	4	2	5	3
9	4	1	5	3	2	8	6	7

101

1	4	7	6	3	2	9	8	5
5	3	2	8	1	9	7	4	6
9	8	6	5	4	7	3	2	1
6	1	3	4	2	8	5	9	7
4	5	9	1	7	6	2	3	8
7	2	8	3	9	5	6	1	4
3	7	4	2	6	1	8	5	9
2	6	5	9	8	4	1	7	3
8	9	1	7	5	3	4	6	2

98

7	3	4	5	6	1	8	9	2
5	8	2	9	4	7	3	1	6
6	1	9	2	8	3	4	5	7
8	7	6	4	9	2	1	3	5
2	5	1	8	3	6	9	7	4
9	4	3	1	7	5	2	6	8
4	6	5	3	2	9	7	8	1
3	2	7	6	1	8	5	4	9
1	9	8	7	5	4	6	2	3

102

9	7	8	3	2	4	1	5	6
1	6	4	5	9	8	2	3	7
3	2	5	7	6	1	4	8	9
5	8	9	6	1	3	7	2	4
4	3	7	2	5	9	8	6	1
2	1	6	4	8	7	3	9	5
6	5	3	1	4	2	9	7	8
8	4	2	9	7	6	5	1	3
7	9	1	8	3	5	6	4	2

99

1	8	5	2	3	4	7	6	9
6	9	2	7	5	1	4	8	3
4	7	3	8	9	6	5	1	2
2	4	1	3	6	5	8	9	7
8	3	7	4	2	9	6	5	1
9	5	6	1	7	8	2	3	4
7	1	4	6	8	3	9	2	5
3	6	9	5	4	2	1	7	8
5	2	8	9	1	7	3	4	6

103

3	5	9	2	7	4	1	8	6
1	2	7	6	5	8	9	4	3
6	4	8	3	1	9	7	2	5
9	1	5	7	4	6	8	3	2
7	3	4	5	8	2	6	9	1
8	6	2	1	9	3	4	5	7
4	7	3	9	2	1	5	6	8
5	8	6	4	3	7	2	1	9
2	9	1	8	6	5	3	7	4

100

1	9	6	7	4	3	2	5	8
8	5	7	9	2	1	6	4	3
4	3	2	6	5	8	1	9	7
6	1	8	5	3	9	7	2	4
3	4	9	2	8	7	5	6	1
7	2	5	4	1	6	8	3	9
9	6	1	3	7	2	4	8	5
2	8	4	1	9	5	3	7	6
5	7	3	8	6	4	9	1	2

104

3	2	6	1	9	4	5	7	8
4	7	5	6	2	8	1	3	9
1	8	9	5	3	7	2	4	6
8	9	4	3	1	6	7	5	2
7	3	2	9	8	5	4	6	1
5	6	1	7	4	2	9	8	3
2	4	3	8	7	1	6	9	5
6	1	8	4	5	9	3	2	7
9	5	7	2	6	3	8	1	4

105

4	6	7	9	8	3	2	1	5
9	2	8	5	1	7	3	6	4
1	3	5	4	2	6	9	7	8
6	4	1	2	9	5	7	8	3
3	5	9	8	7	4	6	2	1
8	7	2	6	3	1	4	5	9
5	8	4	7	6	9	1	3	2
2	1	6	3	4	8	5	9	7
7	9	3	1	5	2	8	4	6

109

5	2	7	1	3	4	6	9	8
1	6	9	2	8	5	4	3	7
3	4	8	6	7	9	5	1	2
7	9	4	3	5	8	1	2	6
2	1	3	9	4	6	8	7	5
8	5	6	7	1	2	3	4	9
4	8	2	5	9	3	7	6	1
6	7	5	4	2	1	9	8	3
9	3	1	8	6	7	2	5	4

106

6	4	5	7	1	8	3	2	9
2	7	9	6	4	3	5	1	8
3	1	8	5	9	2	4	6	7
4	8	1	3	7	9	2	5	6
5	3	7	8	2	6	1	9	4
9	6	2	1	5	4	8	7	3
7	2	3	9	8	1	6	4	5
8	9	4	2	6	5	7	3	1
1	5	6	4	3	7	9	8	2

110

2	5	6	1	7	8	3	9	4
3	1	7	6	9	4	5	8	2
4	8	9	3	2	5	6	1	7
9	3	1	4	6	2	8	7	5
5	7	8	9	3	1	4	2	6
6	2	4	5	8	7	9	3	1
8	9	2	7	4	6	1	5	3
1	6	3	2	5	9	7	4	8
7	4	5	8	1	3	2	6	9

107

6	7	9	1	3	2	5	8	4
3	2	1	5	4	8	6	9	7
4	8	5	9	7	6	3	1	2
5	6	8	2	1	4	9	7	3
7	1	2	6	9	3	8	4	5
9	4	3	8	5	7	1	2	6
2	9	7	3	8	5	4	6	1
1	5	4	7	6	9	2	3	8
8	3	6	4	2	1	7	5	9

111

4	5	2	9	8	6	3	7	1
3	8	9	1	4	7	5	2	6
7	6	1	5	3	2	4	9	8
2	7	6	4	1	8	9	5	3
1	3	4	2	9	5	8	6	7
5	9	8	7	6	3	2	1	4
6	2	3	8	5	1	7	4	9
8	4	5	6	7	9	1	3	2
9	1	7	3	2	4	6	8	5

108

1	7	2	8	5	6	9	3	4
3	6	9	4	7	2	1	8	5
4	8	5	1	9	3	2	6	7
6	5	3	2	4	9	7	1	8
2	9	4	7	1	8	3	5	6
7	1	8	3	6	5	4	9	2
8	3	1	5	2	4	6	7	9
5	2	6	9	3	7	8	4	1
9	4	7	6	8	1	5	2	3

112

7	2	9	4	6	8	5	1	3
6	3	1	9	5	2	7	4	8
4	8	5	1	3	7	9	2	6
9	4	3	6	2	5	1	8	7
5	6	2	8	7	1	3	9	4
1	7	8	3	4	9	6	5	2
8	1	4	7	9	6	2	3	5
3	5	7	2	1	4	8	6	9
2	9	6	5	8	3	4	7	1

113

7	3	4	5	6	1	8	9	2
5	8	2	9	4	7	3	1	6
6	1	9	2	8	3	4	5	7
8	7	6	4	9	2	1	3	5
2	5	1	8	3	6	9	7	4
9	4	3	1	7	5	2	6	8
4	6	5	3	2	9	7	8	1
3	2	7	6	1	8	5	4	9
1	9	8	7	5	4	6	2	3

117

4	7	8	3	9	1	5	2	6
5	3	9	8	2	6	7	1	4
6	1	2	5	4	7	8	3	9
2	5	3	6	8	4	1	9	7
7	9	1	2	5	3	6	4	8
8	4	6	7	1	9	2	5	3
1	2	4	9	6	8	3	7	5
3	8	5	4	7	2	9	6	1
9	6	7	1	3	5	4	8	2

114

7	8	1	6	3	5	9	4	2
9	5	2	1	4	8	6	3	7
6	3	4	7	9	2	1	5	8
5	1	3	4	7	6	8	2	9
4	6	7	8	2	9	3	1	5
8	2	9	3	5	1	7	6	4
1	4	5	9	6	7	2	8	3
2	9	6	5	8	3	4	7	1
3	7	8	2	1	4	5	9	6

118

9	2	8	7	6	1	3	4	5
1	7	5	3	8	4	6	2	9
3	4	6	5	9	2	7	8	1
8	3	9	6	1	5	2	7	4
5	6	2	9	4	7	8	1	3
7	1	4	8	2	3	9	5	6
2	8	3	1	5	9	4	6	7
6	5	7	4	3	8	1	9	2
4	9	1	2	7	6	5	3	8

115

5	7	1	4	6	3	8	9	2
9	2	4	8	7	1	5	3	6
8	6	3	2	5	9	1	4	7
6	1	9	3	8	2	7	5	4
2	3	8	5	4	7	9	6	1
7	4	5	9	1	6	3	2	8
4	8	6	1	3	5	2	7	9
3	9	7	6	2	8	4	1	5
1	5	2	7	9	4	6	8	3

119

8	9	1	6	2	3	5	7	4
2	7	5	9	4	8	6	3	1
3	4	6	7	5	1	8	9	2
7	3	9	1	6	2	4	8	5
4	6	8	3	9	5	1	2	7
5	1	2	8	7	4	3	6	9
9	2	3	5	1	6	7	4	8
6	5	7	4	8	9	2	1	3
1	8	4	2	3	7	9	5	6

116

1	8	4	7	5	6	2	3	9
3	9	2	8	1	4	5	6	7
7	5	6	3	2	9	1	4	8
9	4	1	5	3	8	7	2	6
5	3	8	2	6	7	9	1	4
2	6	7	4	9	1	8	5	3
8	7	5	6	4	2	3	9	1
6	2	9	1	7	3	4	8	5
4	1	3	9	8	5	6	7	2

120

2	6	7	5	4	9	1	3	8
4	8	1	6	3	2	9	7	5
3	9	5	8	7	1	4	6	2
1	2	8	4	9	3	6	5	7
6	4	9	7	2	5	8	1	3
7	5	3	1	8	6	2	4	9
8	7	6	9	5	4	3	2	1
9	1	2	3	6	7	5	8	4
5	3	4	2	1	8	7	9	6